Das ist ein Olchi

Mit den Hörhörnern hören sie die Ameisen husten und die Regenwürmer rülpsen.

Die Olchis schlafen, wann sie Lust haben. Ihnen fallen die Augen zu, egal ob es Tag oder Nacht ist.

Haare sind so hart, dass man sie nicht mit einer Schere schneiden kann.

Die Knubbelnasen lieben fein-fauligen Geruch.

Olchi-Zähne knacken alles: Glas, Eisen, Plastik, Holz und Stein.

Die Olchi-Muskeln sind sehr stark und hart wie Eisen.

Ein Olchi-Magen kann alles vertragen. Olchis bekommen nie Bauchweh.

Olchis nehmen gerne Schlamm- und Müllbäder.

Erhard Dietl lebt als freier Schriftsteller und Illustrator in München. Er hat über 100 Kinderbücher veröffentlicht, mit großem nationalem und internationalem Erfolg. Seine Bücher wurden mehrfach ausgezeichnet, u.a. von der „Stiftung Buchkunst", und mit dem Österreichischen sowie dem Saarländischen Kinder- und Jugendbuchpreis geehrt. Zu seinen erfolgreichsten Figuren gehören die anarchischen Olchis, die sogar Büchermuffel zum Lesen und Lachen bringen. Auch Erhard Dietls Serie über Gustav Gorky, den Reporter aus dem Weltall, bereitet ihren Lesern großes Vergnügen, und dies ganz besonders den vielen, vielen Olchi-Fans!

Weitere Bilderbücher von den Olchis

Die Olchis aus Schmuddelfing
Die Olchis. So schön ist es im Kindergarten
Die Olchis. Ein Drachenfest für Feuerstuhl
Die Olchis. Olchi-Opas krötigste Abenteuer
Die Olchis. Wenn der Babysitter kommt
Die krötigsten Olchi-Lieder. Singen und Musizieren
mit den Olchis. Mit Lieder-CD!

Weitere Geschichten von den Olchis gibt es in der Erstlesereihe „Büchersterne", in Kinderbüchern, Lernhilfen und Beschäftigungsheften. Material für PädagogInnen zum Thema findet sich unter www.vgo-schule.de.

FSC
www.fsc.org
MIX
Papier aus verantwor-
tungsvollen Quellen
FSC® C015559

© 2017 Verlag Friedrich Oetinger GmbH,
Poppenbütteler Chaussee 53, 22397 Hamburg
Alle Rechte vorbehalten
Reproduktion: Domino GmbH, Lübeck
Druck und Bindung:
Drukarnia Interak Sp. z o.o., Grzępy 50, 64-700 Czarnków, Polen
Printed 2017
ISBN 978-3-7891-0409-1

www.olchis.de
www.oetinger.de

Erhard Dietl

Die Olchis
bekommen ein Haustier

Verlag Friedrich Oetinger · Hamburg

Auf dem Schmuddelfinger Müllberg fühlt sich die Olchi-Familie muffelwohl.
„Läusefurz und Fliegenbein, kann das Leben schöner sein?", sagt Olchi-
Mama. Sie backt gerade einen Stinkerkuchen aus Sägemehl und Fischgräten.
Das kleine Olchi-Baby nuckelt zufrieden an einem alten Knochen, und
Olchi-Papa bastelt an einem rostigen Propeller-Fahrrad. In einer Pfütze
hocken Olchi-Opa und Olchi-Oma. Sie spielen mit den Kröten Bootfahren.
Die beiden Olchi-Kinder bauen eine Schlammburg
und haben schon ein tiefes Loch gegraben.

„Ach du grüne Sumpfnase!", ruft das eine Olchi-Kind.
„Schaut mal, was wir gefunden haben!"

Es holt ein großes grünes Ei aus dem matschigen Loch.
„Was ist das?", fragt das andere Olchi-Kind verwundert.
Olchi-Opa kommt herbei: „Das ist ein altes Drachen-Ei!
Schleime-Schlamm-und-Käsefuß! Vor 300 Jahren hab ich es von
einer Reise aus China mitgebracht. Ich hab es hier vergraben und
ganz vergessen!"
Das grüne Ei gefällt den Olchi-Kindern sehr. Wie wunderbar faulig
es duftet!
„Hörst du das?", fragt das eine Olchi-Kind und drückt ein Hörhorn
an das Ei. „Da drin ist ein Geräusch!"

„Matschige Sumpfsocke, ich glaube, in dem Ei bewegt sich was!",
meint das andere Olchi-Kind und streicht über die glatte Schale.

Plötzlich knackt es, und die Schale zerspringt.
Ein glitschiges grünes Tier schlüpft aus dem Ei und blinzelt verschlafen.
„Beim Hühnerich!", kreischen die Olchi-Kinder erschrocken.
„Keine Angst, das ist nur ein sechsbeiniger Flugdrache", erklärt ihnen
Olchi-Opa. „Ich hab früher mal als Drachen-Verschmutzer gearbeitet und
kenn mich aus mit solchen Viechern!"
„Ein Drache? Ach du meine Güte", sagt Olchi-Mama.
Alle Olchis schauen neugierig auf das kleine Tier.
Es stößt eine winzige Stinkerwolke aus und pupst so leise,
dass man es kaum hören kann.

„Er sieht richtig nett aus", meinen die Olchi-Kinder.
„Schleime-Schlamm-und-Käsefuß! Endlich haben wir ein Haustier!"
„Na, mal sehen", sagt Olchi-Mama.

Am nächsten Morgen ist der Drache
ein ganzes Stück größer geworden.
„Beim Läuserich, der wächst aber
schnell", wundert sich Olchi-Papa.
„Das ist ganz normal bei Drachen",
erklärt ihm Olchi-Opa.
„Komm, wir spielen Hund mit ihm!", sagt
das eine Olchi-Kind. Es holt eine Schnur
und bindet sie um den Drachenhals.
Da flattert der Drache mit den Flügeln und
steigt ein Stück hoch in die Luft. Das Olchi-Kind
hängt an der Leine wie an einem Luftballon.
„Das Vieh ist ja unberechenbar!" ruft Olchi-Oma
erschrocken. „Halt Dich fest!"
Doch das Olchi-Kind lässt die Leine los und
plumpst in die Müllbadewanne, dass es nur so
kracht.
„Krötig!", ruft das Olchi-Kind. „Das hat
Spaß gemacht! Das machen wir jetzt öfter!"

Am nächsten Tag ist der Drache schon wieder gewachsen. Er hat sich auf Olchi-Mamas Kochgeschirr niedergelassen und grunzt behaglich.

„Beim Läusefurz!", schimpft Olchi-Mama. „Das schwere Vieh zerquetscht mir alles! Seht euch nur meine Töpfe an!"

„Nicht so schlimm", sagen die Olchi-Kinder. „Such dir einfach ein paar neue. Unser Drache ist das netteste Haustier der Welt. Riech nur, wie olchig er duftet!"

Am nächsten Tag ist der Drache schon wieder ein Stückchen größer geworden. Er hat Olchi-Papas Fahrrad zertrümmert. Auch der schöne Propeller ist abgebrochen, und Olchi-Papa schimpft wie ein Rohrspatz. Auch Olchi-Oma meckert:

„Das Tier ist unmöglich! In der Nacht grunzt es so laut, dass ich keine Sekunde schlafen kann!"

„Das macht doch nichts", sagen die Olchi-Kinder. „Leg dir einfach ein Kissen auf die Hörhörner. Sieh nur, wie viel Spaß er bei uns hat!"

Am nächsten Tag ist der Drache noch mal gewachsen. Er quetscht seinen dicken Bauch in die Olchi-Höhle, und von drinnen hört man ein Rumpeln und Krachen.

„Er macht uns die Möbel kaputt!", jammert Olchi-Mama. „Das Tier ist viel zu groß für uns!"

„Vielleicht können wir auf ihm herumfliegen!", rufen die Olchi-Kinder. „Das wird bestimmt lustig!"

Damit er auch schnell fliegen kann, befestigen sie hinten am Drachen einen alten Auspuff. So knattern sie quer über den Müllberg.

Aber beim Landen zerfetzt der Drache den Sonnenschirm und reißt die Stinkersocken von der Wäscheleine.

„So geht das nicht weiter!", schimpft Olchi-Papa. „Morgen bringen wir ihn in den Zoo."

„Nein!", kreischen die Olchi-Kinder. „Wir wollen ihn behalten! Er ist so nett!"

Olchi-Papa seufzt. „Na gut, meinetwegen. Aber dann müsst ihr euch auch richtig um ihn kümmern. Ihr müsst ihn gut erziehen, ihn füttern und auch mal Gassi gehen."

„Oder Gassi fliegen", sagt das eine Olchi-Kind.

„Von mir aus", sagt Olchi-Papa. „Und hin und wieder müsst ihr ihn schön olchig verschmutzen."

„Kein Problem!", rufen die Olchi-Kinder. „Wir sind die besten Drachen-Kümmerer der Welt!"

Doch bereits am nächsten Morgen stimmt irgendetwas nicht mit dem Drachen.

Er sieht müde aus, und seine Nase fühlt sich eiskalt an.

„Oje", sagt das eine Olchi-Kind, „was hat er bloß? Vielleicht braucht er Futter. Er hat ja noch nie etwas gefressen!"

Die Olchi-Kinder holen ein paar Dosen, Fischgräten und Schuhsohlen. Doch der Drache hat darauf keinen Appetit.

Dann halten sie ihm duftende Stinkersocken vor die Nase. Aber der Drache grunzt nur und dreht den Kopf zur Seite.

„Schleimiger Bimbam, bist du vielleicht krank?", sagt das andere Olchi-Kind und streichelt ihm über die kalte Schnauze. „Wir müssen jemanden finden, der sich mit Drachen auskennt. Am besten, wir fliegen nach Schmuddelfing zum Tierarzt!"

Auch die anderen Olchis halten das für eine gute Idee.
Die Olchi-Kinder klettern auf den breiten Rücken, und
der Drache hebt mühsam ab.
Langsam fliegen sie über den Müllberg, hinüber zum
kleinen Städtchen Schmuddelfing.

„Ach du meine Güte!", staunt der Tierarzt. „Was für ein
prächtiger Bursche!"
„Unser Drache ist ganz müde", sagen die Olchi-Kinder.
„Seine Nase ist eiskalt, und er frisst nichts. Weißt du,
was ihm fehlt?"
„Na, dann wollen wir uns den Patienten mal ansehen",
sagt der Tierarzt.

Er macht ein paar Untersuchungen und hört ihm das Herz und die Brust ab. Doch der Drache ist kerngesund. Der Tierarzt gibt ihm hundert Wurmtabletten und eine Spritze gegen Zecken. Aber was ihm fehlt, weiß er auch nicht so genau.

„Geht doch mal in die Bücherei", rät er den Olchi-Kindern. „Dort findet ihr sicher ein Buch über Drachenhaltung."

„Du liebes bisschen!", ruft die Bibliothekarin in der Bücherei. „Was für ein Riesentier habt ihr denn hier?"

„Unser Drache ist ganz müde", sagen die Olchi-Kinder. „Seine Nase ist eiskalt, und er frisst nichts. Weißt du, was ihm fehlt?"

„Wir haben jede Menge Bücher über Echsen und Dinosaurier", erklärt die Bibliothekarin. „Auch über Krokodile und über Drachen, die man selber basteln kann."

Aber all das hilft den Olchi-Kindern nicht weiter. Und warum es dem Olchi-Drachen nicht gut geht, weiß die Bücherfrau leider auch nicht.

„Der Auspuff an eurem Drachen knattert ziemlich laut", meint sie. „Vielleicht liegt's ja daran? Geht doch mal rüber in die Autowerkstatt."

„Ach du heiliger Strohsack!", ruft der Automechaniker
in der Werkstatt. „Was schleppt ihr mir denn da an?"
„Unser Drache ist ganz müde", sagen die Olchi-Kinder.
„Seine Nase ist eiskalt, und er frisst nichts. Weißt du,
was ihm fehlt?"
„Das haben wir gleich", sagt der Mechaniker und stellt
den Drachen auf die Hebebühne. „Wollen doch mal
sehen, wie's da drunter aussieht. Vielleicht muss der
Auspuff neu eingestellt werden."
 Doch der Auspuff ist völlig in Ordnung.

„Was sollen wir machen, damit es ihm besser geht?",
fragen die Olchi-Kinder.
„Keine Ahnung", sagt der Mechaniker. „Mit Benzin
würde ich ihn aber lieber nicht auftanken. Geht mal
in die Zoohandlung. Vielleicht kann man euch da
weiterhelfen!"

„Na so was!", ruft die Verkäuferin in der Zoohandlung. „Wo habt ihr denn diesen wunderbaren Drachen her?"

„Er ist ganz müde", sagen die Olchi-Kinder. „Seine Nase ist eiskalt, und er frisst nichts. Weißt du, was ihm fehlt?"

Die Verkäuferin kennt sich gut aus mit Fischen, Kaninchen und Schildkröten. Aber so ein großes Drachentier hat sie noch nie gesehen.

„Vielleicht will er ein paar Mäuse und Hamster futtern?", überlegt sie. „Habt ihr es damit schon probiert?"

„Beim Läusefurz! Er soll lebendige Tiere essen?", rufen die Olchi-Kinder erschrocken.

„Wieso nicht?", sagt die Verkäuferin. „Schlangen und Krokodile tun das auch."

Doch der Vorschlag gefällt den Olchi-Kindern gar nicht.

„Ich könnte euch den Drachen abkaufen", überlegt die Verkäuferin. „Wie viel wollt ihr für ihn haben?"

„Wir verkaufen nie etwas", sagen die Olchi-Kinder. „Und unseren Drachen verkaufen wir schon zweimal nicht!"

„In Schmuddelfing kann uns keiner helfen", sagen die Olchi-Kinder.
Enttäuscht machen sie sich wieder auf den Heimweg.
Der müde Drache fliegt jetzt noch langsamer.
Er hat die Augen geschlossen und schnarcht.
Beinahe streift er einen Baumwipfel.
„Nicht einschlafen!", rufen die Olchi-Kinder. „Beim Läuserich! Wir sacken ab!"
Und dann passiert es auch schon.
Im Sturzflug geht
es steil nach
unten.

„Aufwachen!", kreischen die Olchi-Kinder.
Doch wie ein Stein fällt der Drache vom Himmel.
Zum Glück ist unter ihnen ein Tümpel.
PLATSCH!, landen sie im olchig-braunen Matschwasser.

Die Olchis krabbeln ans Ufer.

„Schleime-Schlamm-und-Käsefuß!", ruft das eine Olchi-Kind und zeigt auf den Drachen. „Schau nur, was er macht!"

Der Drache steht bis zum Hals im Schlamm und trinkt genüsslich die matschige Brühe. Er schlürft und schluckt und schlabbert und kann gar nicht genug bekommen.

Am Ende rülpst er so kräftig, dass sieben Stechmücken tot in den Matsch fallen, und stößt eine gewaltige Stinkerwolke aus.

„Krötig! Er qualmt wieder!", ruft das eine Olchi-Kind. „Es geht ihm wieder gut!"

Das andere Olchi-Kind watet zum Drachen in den Tümpel und streichelt ihn.

„Du brauchst schlammige Schmuddelbrühe! Dass wir da nicht gleich draufgekommen sind!"

Als sie wieder zurück auf dem Müllberg sind, sagt Olchi-Papa zufrieden: „Euer Drachentier sieht ja wieder schmutzmunter aus. Was habt ihr denn mit ihm gemacht?"

„Er hatte einfach nur Hunger!", erklären die Olchi-Kinder. „Aber jetzt hat er jede Menge matschige Schmuddelbrühe getrunken. Wenn er Schmuddelbrühe trinkt, fühlt er sich wohl."

„Na, die kann er haben", sagt Olchi-Mama. „Davon hab ich immer ein paar Fässer in der Höhle."

Und dann warten noch ein paar Überraschungen auf die Olchi-Kinder. Olchi-Papa hat aus alten Brettern eine wunderschöne Drachen-Garage gebaut, und Olchi-Oma hat selbst gemalte Fischgräten-Bilder daran gehängt.

„Und ich hab ein krötiges Drachenlied für ihn gedichtet!", schmunzelt Olchi-Opa.

„Heißt das, wir dürfen ihn jetzt wirklich für immer behalten?", fragen die Olchi-Kinder.

„Schleimeschlamm-und-Käsefuß!", rufen die anderen Olchis.

„Das ist so klar wie Schmuddelbrühe!"

Plötzlich kreischt Olchi-Oma erschrocken auf.
„Hilfe! Es brennt! Feuer am Stuhl!"
Die heiße Drachennase hat ihren morschen Hocker in Brand gesetzt.
Doch da kommt Olchi-Mama schon mit einem Eimer Stinkerbrühe
und löscht die Flammen.
„Ist doch krötig", kichert das eine Olchi-Kind.
„Jetzt hat unser Drache einen Namen!
Wir nennen ihn einfach Feuerstuhl!"

Grüne Dracheneier

Strophe

Grü ne Drachen eier se hen harm los aus, doch

lass sie lieber liegen, bring sie nicht ins Haus! So ein klei ner

Drache aus dem grünen Ei, der wird rrr – riesengroß

dann gibt es nur Ge schrei !

Grüne Dracheneier
sehen harmlos aus,
doch lass sie lieber liegen,
bring sie nicht ins Haus!
So ein kleiner Drache
aus dem grünen Ei,
der wird riesengroß,
dann gibt es nur Geschrei.

Er trampelt durch die Wohnung,
er grunzt die ganze Nacht
und setzt sich auf das Sofa,
dass es ganz laut kracht.
Er passt nicht an den Tisch,
er passt nicht in dein Bett,
auch für die Badewanne
ist er viel zu fett.

Strophe

Er trampelt durch die Wohnung,
er grunzt die ganze Nacht
und setzt sich auf das Sofa,
dass es ganz laut Kracht.
Er passt nicht an den Tisch,
er passt nicht in dein Bett,
auch für die Bade-wanne
ist er viel zu fett.

Er frisst den Kühlschrank leer
und wird nie satt,
er setzt sich auf den Fernseher
und drückt ihn ganz platt.
Er stinkt und qualmt
die Muffelbude voll,
das findet auch dein Nachbar
überhaupt nicht toll.

Text von Olchi-Opa und Erhard Dietl
Musik von Bastian Pusch

Olchis waschen sich nie und putzen sich auch nie die Zähne.

Alles, was uns gut schmeckt, mögen die Olchis überhaupt nicht.

Sie essen gerne Müll und finden vergammelte und faulige Sachen lecker.

Bei ihnen gibt es Schmuddelbrühe mit Fischgräten oder Schuhsohlenschnitzel und Stinkerkuchen.

Sie mögen es, wenn es olchig qualmt und stinkt.

Parfümgeruch finden die Olchis ganz schrecklich.

Olchis sind stark. Einen Autoreifen können sie neunzehn Meter weit werfen.

Sie hüpfen gerne in Matschpfützen herum.

Von ihrem olchigen Mundgeruch stürzen sogar die Fliegen ab.

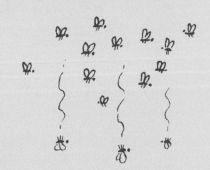

Der Drache Feuerstuhl ist das Haustier der Olchis. Mit ihm können sie durch die Gegend fliegen.